思潮社

夜の言の葉

近藤久也

夜の言の葉

近藤久也

装幀＝近藤祈美栄

夜の言の葉

窓

こんなちっちゃなところから
広がっているんだな
近くの木の葉が揺れて
よく見ると
茂った葉の中でだれか
灰色の小鳥、或いはなにか小動物が
動いて揺さぶっている
なにか食っているのかな

それともだれか
こっち見てるのかな
その向こう
葉のすきまに
水が光っている
池かな、川かな
水面が揺れているから
風だな
その向こう
水面に沿って
小径があるのかな
白いひとのようなものが
右から左へゆっくりと
遠ざかっていく

そいつは
時間が過ぎていくみたいに
ほんとうに動いている
不思議だな
おれの視界

板の上の奏者へ

運んでいるのは
誰？
運ばれているのは
いったいなに？
とおくからちかくへ
そしてまたとおくへ
波のように
兆しがその姿を崩しながら

きこえてくるはず
それは自らの意思ですよと
うそぶきながら
からだが動くことの魔術を
信じこませようと
望みが絶えてしまうほどに
自らをすりきれるまで酷使し続けると
最後の最後、からだの奥底に
（朦朧として、それは腰骨のあたりかもしれない）
消えいるような
甘いものがながれこむ
そんな経験ある？
それをリズムとよぶようになったのは
いつごろから？

その言の葉、生来
黄金色の労働をきらっている
なにかと交換されることをきらっている
その出自をきらっている
意思と力をきらっている
やくたいもない
聡明なしろいゆび
あやしいきしみをたてながら
ほそい板の上をしなやかに
よるからあさへ
そしていつもたそがれている今へ
おとのような予感を運んでくれる

夜の果物

家の中が寝静まり
ベッドにはいるまえ
テーブルの上の
山盛りの果物たちを
ながめているのが好きだ

闇の街の
そこだけがあかるい店まえで

うつろに立っているように
空気の流れないちいさな部屋で
その濃密な匂いにひたっているのが好きだ
朦朧と
食べたのか否かも判然としない
仄暗くなつかしい
とおいとおい
わたくしの住処から
夜の果物めざし
得体のしれないけだものや鳥たちが
あとからあとからやってくるからだ

ふるえる触覚
ゆびの枝々

欲望の正体は
いつも翳っていて
あなたは
モールス信号をよみちがえるにちがいない

日をかたくなに拒んでいる
モノクロームの大木には
無国籍の果物が
たわわにぶらさがっているぞ
甘い果汁が体をかけめぐり
眠りにつくと夢もみない

朝は
みずみずしく

妻が果物をほおばっている
静かにながめているのが好きだ

身請け

誰もいない
草っぱらのまん中で
鋭くなにか光ってる
(ここにいるぜ)
声も出さず訴えてくるので
急いで行って拾ってみると
コーラビンの割れた欠片
手の平の上では

まったくもっておとなしい

西日さす
埃っぽい古道具屋の店先で
何十年ぶりかで
あの不思議な光りの声を
きいた気がした
（こんなとこに十三年も座ってんだぜ）
落日に対峙し続けてきた
埃まみれのガラスの花瓶
店主にあきれ顔されながら
三万円で身請けした

或る日気まぐれに

そやつに水をさし黄薔薇を一輪
窓際のテーブルに飾ってみた
満足して
居眠りしているとなにを血迷ったか
陽気な日を屈折させては
一点にかりあつめた
木のテーブルに黒い穴をあけ
狼煙をあげていた

留守

ドアをあけっ放して
トイレにすわる
洗面台の横の壁に
ちっちゃなバスケットが三個つけられている
耳かき、鼻毛切りバサミ、毛抜き、消毒液、綿棒
バランスよく美しく納まっている
彼女はこまめで
七十年代から

こういうのをみているのが好きだったな
相手が留守の時
くらしのこまごまとしたものが
絵のようにみえるのは何故?
いつだったか
寝室のドアをあけっ放して
入口の上部に横棒通し
うすく透けた白い布をぶらさげている
ベッドメイキングは完璧だ
しんとした誰も居ない部屋が
なんともエロティックなこと!
ベッドには鮮度と想像力を!
八十年代から
長らく留守をして

彼女も居続けたのか
定かじゃないが
寝室の壁は彼女によって
白くペイントされている
居留守という言葉もあるにはあるが
壁に塗りこめられてしまったのだろう

落葉の森の奥深く

いい匂いのする
落葉の森を
めくらめっぽうあるいている
さくさく
音をたてて
わずかな葉っぱが辛うじてのこっている
広葉樹の枝々から
小動物が

耳をたてて見張っているな
散策？
思索？
そうではないんだ
ただあるいているんだ
耳をすます
さくさく　遠くで
だれか
そのまたむこうにだれか
あるいている
そのことが不気味に快い
さくさく　さくさく
いい匂いに誘われて
だれもいくあてなどないと

見遣る

田舎の夕暮れ
誰も居ない部屋
蚊遣りくすべ
ぼおとしていると
ちいさいものが頬に突進して
はらりと落ちる
畳の上にあお向き
じたばたと手足が空をつかむ

時を巡る

それは
ぼうふらの時のこと
水から出た時のこと
皮膚を刺した時のこと
そうしてうっすらと
世界から遠ざかっていくのがわかるのか
それとも
じたばたと
もいちど一瞬をつかむか

否、
そうじゃ、ないだろ

突然
前も後も行きどまり
まっくら
音もきこえず
ぶっきらぼうに
体が
止まる

月

一九八一年十月。農業用機械の見習工をしていた。群馬県の養蚕地へ一週間ほど脇本さんという先輩と職人宿に泊まりこみで、桑の葉をきざむ機械の修理に行った。脇本さんとは同じ工場で働いていたが、言葉をかわしたことはなかった。毎日、言われるがままに小さい部品を細い鑢でとぎ続けた。機械の構造が全く解っていないので自分がといでいる部品の意味も解らなかった。重労働ではなかった。五時には宿に帰り、六時には夕食の膳についた。毎日ビールが一本ついていた。脇本さんは仕事中ほとんど言葉を発しなかったが、ビールを飲むと急に饒舌だった。猥談好きとみえ、結婚して間もない私に夫婦生活について矢継ぎ早に質問をあびせ、いちいち頷いては懇切丁寧に指南してくれた。それが毎日続いた。仕事に関することはなにも教えはしなかった。私もいちいち頷きながら、脇本さんの言葉の端々に独り者だということと、私に親しみをもってくれていることが感じられた。最初の夕食時、猥談のあと、急にあらたまった顔をして言った。俺は奇妙な病気をもっていて、夜中に急に起き上がり、音をたてるが気にするな。三時頃、蒲団にむっくり起き上がる脇本さんの気配があった。私はうす目をあけた。立ち上がりカーテンと硝子窓をほんの少しあけた。押し入れの襖をあけ、一升瓶をとりだし再び蒲団の上に座った。たてつづけにコップに三杯あおった。一杯飲み干すたびに脇本さんは深々と三度頷いて、窓に顔をむけた。物音は全くなかった。怪しい光がさしこみ脇本さんの顔半分と裸の背にあたっていた。月の光がこれほど青白いものであることを初めて知った。うす目をあけて見ていると、見せるためにそうしているように疑えた。それが毎日続いた。

来歴

日がのぼる方から沈む方角へ
放射状で虹色に
明るすぎるくらいまっすぐに
仮構の道はコンクリートの上に
ペイントされている
昼間はこの道に
ローラースケーターやボーダーが
ざらついた活気をあたえていた

公園に帳がおりる頃
虹の道のゆきどまりに
男は腰をおろし
両足をなげだした
仮構の道のゆきどまりに
こうして腰をおろす自分とは
もちろん仮構であると
いや、己の仮構にしくじったという思いが
風のように頭上をかすめている
(本当にしくじった?)
風にのって木立のむこうから
華やいだ若いカップルの声が近づいてきた
剽軽なポニーテールが街灯の下で揺れ
こっちをみた刹那、確かに片目をつぶった

さあ何といおうか
そいつは市井のミューズだ！
少年は虹の道を指さして、こう行って
あそこでジャンプしてユーターンして
ボードの腕前を誇るのに夢中だ
そうして二人は日がのぼる方へ過ぎて行った
男のことなど話題にならないだろう
名前もしらない
どこからやってきて
ペットボトルを右手にもって
どうしてゆきどまりに座っているのか
その来歴をしらない
が、本当は生まれるまえからしってるのさ
ミューズのウインクがそういってた

すりきれたワークシャツの胸ポケットには
くしゃくしゃの紙片が一枚ねじこまれていて
だれもしらない奇妙な物語が綴られていると

夜の言の葉

透明な
しずくたらす
だれかの息の音

まだうまれてこない想いに
視えぬくらいふるえている
産毛のさき
待つという行為が

こんなに素敵だった?

裏に透けて視える葉脈は
とても上品な秘めごと
せかいのシンプルかつ、青くさい
それでいてのろわしい脈絡を
おもわせぶりにみせつけている

きみが所有しているとは気づかない
それら
過日、まぶしいくらい葉をしげらせていた
木のテーブルの足影などに
ひそんでいるそれら

夜気

目ざめると
となりの部屋で妻が
密やかに話している

ベッドにとびあがっては駄目
とびおりても駄目
散らした衣類はそのままに
じっと静かに

息を殺して
目をとじて
なにも考えず
朝がくるのを待ちなさい
腰は痛くない？

うすくあいた窓から
カーテンを揺らして
夜気が忍びこむ

ふわふわした疑問詞と
獣の語尾を
どこかとおく
逃がしている

知らない

障子があけはなたれ
座敷に
蒲団のうえに
ひとりあおむけにねている
目はとじられているが時々
口をわずかに動かす
言の葉を吐こうとしているのではなさそうだ
そのあと唐突に

ちいさな手が蒲団からでてきて
なにかを摑むようなしぐさ
初夏、雨上がりのうすい日が
座敷にさしこみ
いい匂いの微風がそのひとの
薔薇色の頬を嬲っている
庭の紫陽花の葉におおきな蝸牛
畳の目に沿ってせわしく進む赤蟻一匹
水のながれるちいさな音がする
牛小屋から鈍重な黒い憂いの目が光っている
昨夜舞いこんだ障子の黄金虫が
影絵のように
動かしている触角
知ってる　みんな

善良なる市井のひと
うちなる変節漢
秘めたる好色家
一世一代のロマンチスト
生来のなまけもの
ニヒリスト　逆説家
迫真の演技は最早
猪口才なリアリズムを凌駕した
いったいだれが
キャスティング？
薔薇色の頬を装い
だれも知らない
九十年前の己を
左様《さよ》ならの

パントマイムで
演じおえる

神の話

三十年ほど前
その頃読みかけていたロシアの
大文豪や革命について
ひとの善悪や運命についての話は
実はうわの空だった
ラスコーリニコフ、スタヴローギン
みんな脇役にすぎなかった
細いジーンズとざっくりしたセーター

小さい急須のふたを細い指がそっとおさえ
二人の湯飲み茶碗に交互に注ぎ入れる
ショートカットで
膝を立てた華奢な姿勢
西日がさしこみ
その影が
私の方に伸びてきた
保証のない想像の影を
その上に重ね合わせ
細く、長く
先へ先へと
伸ばしていた

それから

紫色に煙った
夕刻に
出会ってしまう
すれちがい
あっ、と
なにかをふいに思い出して
追いかけて
目も合わさず早口で

夕飯のことをきいてみる

向かい合わせにすわり
思い出したことも忘れて
はりつめた気持ちで
言葉もなく
窓の外などみながら
時が過ぎる

それから
自転車を押すあなたの横に
意味もなく
並んでみた
(無言で乗って行ってしまうあなたの背中を想像した)

どうしたことか
晩秋の夕景が
遠くまで予感もなく
煙っていて
わたしたち
行く手がみえないのだ

或る朝

この膏ののった鱸、どうやって漁ったのか。湾内で釣りあげたか。刺し網か。おれにはまるで見当もつかない。淡路産、二切れ六百円とある。その男、どんな船にのって薄明の海に出たのか。

大安の朝、始発で出かけた。ホテルの片隅の作業場でアマリリス、コチョウラン、レンギョウ、幸せなカップルのために手際よく次々と花器に活けこんだ。そして会場に運ぶ。ひとは祝福されるべく花々に埋もれるときもあっていい、などと思いながら。

それはいつか。おれの知らない薄明の通りでその男と会った。男は船倉の生簀からひきあげたばかりの鱸を一尾、ぶらさげていた。おれはアマリリスの束を腕一杯かかえていた。これくらいでいいかと、肯いて交換した。それから互いに、鱸とアマリリスについて、これでもかとデフォルメしあった。どうやって漁ったか身振り手振りできかされた。鮮度のいいやつはすぐに刺身にしたがるが、炭火で塩焼きが旨いぞ。（オレハコノ感ジ、コノ関係ガ好キダ。）値段なんかないぞ。香ばしく焼けるぞ。そんなときは、いい音楽もながすことだ。

異形について

目覚めたとおもったら
ほらあなのようなところ
むこうでしばらく会ったことのない
異腹の兄がおいでおいでをしているので
いってみると今は無いはずの懐かしい家屋
みたことのある錆びた鳥籠が軒先にぶらさがっていて
中で細い蛇が理屈っぽくとぐろをまいている
目に星のはいっためしいの白い小鳥がみえない
蛇の胴の一部が異様に膨らんでいるから

のまれてしまったか
めしいの小鳥は次々とたまごを生んだけれど
みえない故か
蛇にのませたくない故か
すぐに巣箱から蹴落とした
蛇が鳥籠に頭だけつっこんで
割れたたまごを悲しげになめているのを
みたおぼえはある
ふとおもったのだが
目に星のはいった小鳥はほんとうに
めしいだったか
或る日、或る時、或るいたたまれなさ故に
居ながらにして
蛇に鳥籠をあけわたしたか

異腹の兄の姿はもうみえないが
蛇は兄に細い枝木で
つっかい棒をされたので口をとじられない
もうなにものみこめない
暗い口腔から薄桃色の細い舌が
ちろちろのぞいている
ちろちろおどっているが
己の生のリズムを嫌っている
その不規則で
言い表し難いうごきときたら
居ながらにして不在のありようとは
どうすればつくりだせるのか
どうすれば表現できるのか
悩んでいるごとくだ

旅の唄

ま白い紙に投げ出され
身のふりかたには
いつももじもじしている
長じて止まれば
そこでぶった切られ終わる
で、とりあえずマップもなく
前へ前へ新しい場所へ
おそいくるとりとめない迷いと恐れ

なにげなし
ユーターンして元にもどれば
怠惰なまあるいかたちにせかいはとじる
するどい意志で何度か向きをかえ
家に帰れば
かどをたてたはずの己のせかいは変形し
だけど厚顔にも住むスペースはぶんどる
とじることを嫌い運命のごとく
ニヒル道連れに
果てもなくのびていくのが線だとしても
聴覚、臭覚、触覚、味覚駆り集めて
ひりひりしていたあの生まれたての
（ペン先のごとき）
初発の点がなつかしい

銃声

夜半、電話が鳴った
四半世紀を軽々越えて
声は届けられた
ぼそぼそつぶやく語り口を想い出すに
さほど時間はかからなかった
一年か一年半くらい親密な時が確かにあった
彼の話は主語と述語と少しの名詞
だけど意味するところは遠い遠い物音のようで

唐突にちぎれておわる
すぐには内側まで届いてこない
かさぶたのような乾いた言の葉を
一枚一枚丁寧にはがしていくと最後には
驚くほどあっけらかんとした
舌触りのよいご馳走にありつける
苦心のすえ
黒光りする銃を一丁手に入れたらしい
壁に架け埃のかぶった銃身を眺め
ついに手にとる時を想像するもよし
片目を瞑って右往左往する彼の敵に狙いを定め
指先をふるわせるもよし
両目瞑って自らの流転に終止符を打つことも
ありやなしや

四半世紀以上も前
「大きな二つの心臓の川」への共感を
語りあった夜をふと想い出していると
無言のあと
静かに受話器が置かれ
つーと鳴っていた

＊「大きな二つの心臓の川」　ヘミングウェイの短編小説。
タイトルはインディアンの呼び方を踏襲したものといわれる。

幻魚

もうおそく
闇のなかにも
じきに朝はやってくるから
ねむらなければならないのに
わたくしの奥深く澄んだ湖《うみ》で
本当に久しぶりに
浮子が微かに告げている
それにしても

こんなにも水は澄んでいるのに
月は照らしているのに
鉤《はり》に近づく魚の影さえもみえやしない
ただ水面に
沈黙に似たまるい波紋が
しだいに薄く、しだいに薄く広がっていく
そいつは暗号でもなく
なにかの喩でもない
からだごと誘い込むやさしいおののき
初めて伝えられる不定形の予感
みえる魚など
釣れやしないと

遠景

むかし流行ったセルロイドの
後ろ髪の縮れた人形のような小さな娘が
横にたち
遠く、ひとびとの往来を
みるともなく眺めていたのだ
眼前には
杭とロープの仕切りあり
きっとわたしたち

やってきてはいけない所へ
きてしまったのだ
いつのまにやら
そんな所へ迷いこみ
茫漠たる隔たりを
無言で眺めているのが好きだったからな
(いいんだ)
猫背の傍観者たちよ

口のついたもの

一九六八年の夏、和歌の浦の突堤で
生きた蝦を鉤《はり》につけて糸を垂らしていた
すぐに小鯵が食いついてきた
あわてて引きあげようとすると
小鯵を追いかけてきた大きなカマスが
小鯵に食らいついた
あわてて引きあげると
カマスは鱗を散らして突堤で

身をくねらせてははねまわっていた
大急ぎで家に帰り
カマスをひらき一夜干しで
次の日に食べてしまった

一九八九年の春、奈良公園へ
幼い息子を連れて鹿をみにいった
ベンチでサンドイッチを食べていると
大きな鹿がさっそくやってきて
息子の手のサンドイッチを鼻でつつき落とした
息子が奇声をあげたので
鹿は去っていった
ふと下をみるとサンドイッチに黒蟻が四匹
早くもたかっていた

すぐに鳩が二羽舞い降りてきた
ああと思っていると
大きなカラスが一羽舞い降りてきて
鳩を追いはらった
しっしっと息子が小さな声をだした
すると
いつのまにかさきほどの鹿が舞い戻ってきて
カラスを追いはらいサンドイッチに近づく
息子があわてて拾いにいこうとするので
よせよせと
久しぶりに言葉を発したのだ

コアレス

排するためにしゃがみこむ
だれも居ない場所
だれも居なくなる場所に
でも
目にとびこんでくるものがある
コアレスと書かれた商品名
お徳だそうな
そして

ぎい、ばたんと出ていってしまった

木の髄
腫れもののしん、マグマ
眼目、中心
心の奥底
それら
コア無しとは
なんとさっぱりとしたことか
そう、元々は居やしないのだから
その商品
しんも無く
水に溶けて消える
営みのあと、ごうつくばりが

跡形をのこしておきたいと
最後の最後、そいつになにごとか記したとしても
地球の水気を吸って
消えて無くなる
コアレス
しゃれた名前
お徳だそうな

＊ぎい、ばたんと出ていってしまった　金子光晴「もう一篇の詩」より

亀

父ト母ガ入院シテ空家トナッタ家ヲ妻ト見マワリニ行ッタ。冬ノ終ワリニ入院シテ今表デハ桜モ咲キ始メ、ドコカ遠クカラ眠タイ楽隊ノ音ガキコエル陽気ナ日ニ家ノ中ハ薄暗クシントシテイタ。雨戸アケ庭ノ草木ニ水ヲヤリポカントシテイタラ私モ妻モ殆ド同時ニ父ト母ガ一匹ノ亀ヲ大切ニ飼ッテイタコトヲ思イダシタ。二階ノ客間ノ座卓ノ上ニ瀬戸物ノ平タイ器ガアリ、半分水ヲ溜メ丸イ石ヲ三個イレテアル。ソノ上ニ亀ガ出ラレナイヨウ金網ガハラレテイル。石ノ一個ニ亀ハヨジノボリ石ヲ抱キカカエル格好デ手足ト首ヲダラリト伸バシテイタ。ソレラハ潤イナク萎ビテイタ。目ハトジラレテイタ。石ヲユサブッテモ手足モ首モヒッコメズ、常食トシテイタジャコヲ口元ニ置イテモ全ク動カナイ。目ヲアケナイ。私ト妻ハ暗クナッタ。コノ死ヲ父ト母ニドウ伝エルカ。伝エルベキデナイカ。庭ノ松ノ根元ニ埋メテヤロウ。重イ腰ヲアゲ再ビ器ノ中ヲ覗クト心ナシカジャコガ減ッテイル。亀ヲツマミアゲ強クユサブルト微カニ手足ヲ動カシタ。モウ一度試ミルト首ヲヒッコメタ。一体何日食ベナクテモ亀ハ生キラレル。ソレトモ冬眠シテイタカ。

水ヲ替エ少シノジャコヲ石ノ上ニ置キ、ホットシテ私ト妻ハ家ヲ出タ。フト思ッタ。人ト関ワリナカッタコノ二週間、亀ハトテモ幸福ダッタノデハ。アノダラリト伸バシタ手足ト首。本当ハドウ生キタカッタ。帰リニモウ一度病院ニ寄リ部屋ヲ覗イテミルト二人トモ夕食済マセ口ヲアケテ眠ッテイタ。父ハ五分前ノコトガ想イ出セナイ。母ハ全ク歩ケナイ。父ハ祖父ノヨウニ裁判官ノヨウナモノニナリタカッタヨウダガ、地方ノ小役人トシテ時ヲ過ゴシタ。母ハ世間ノイワユルヤリ手トイワレル商人ノ婦人トシテ生キヨウト若イ頃決メタヨウダガ、今コウシテ生キテイル。本当ハドウ生キタカッタ。私ト妻ハ一緒ニナッタ頃、ナニモノニモ拘束サレナイニュートラルナ生キカタヲ夢ミタガ、ナニモノニモナレナイママ今ヲ生キテイル。伝言ナド残サズニ病室ヲ出タ。

後記

常日頃よりなにごとにも力まないことを心がけている。けれども詩集を作ると決めた時、からだに力が入るのを感じる。ひそかに私の内側で、人生の半ばを過ぎた今、詩は私の一枚看板だとつまらぬ思い込みをしていたか、と疑ってしまう。世間では時として、おまえはなにものだと問いかけてくる習わしがあるようだが、唾棄すべきことだと思う。

詩集を作るなどということは、毎日世間のどこかで知らない誰かが知らないうちに亡くなったり、生まれたりするほんの偶然に等しいと思うことにしよう。

二〇〇九年九月

初出一覧

窓　「ぶーわー」一七号　二〇〇六年十月
板の上の奏者へ　「ぶーわー」二〇号　二〇〇八年二月
夜の果物　「ぶーわー」二一号　二〇〇八年八月
身請け　書き下ろし
留守　書き下ろし
落葉の森の奥深く　書き下ろし
見遣る　「ぶーわー」一六号　二〇〇六年六月
月　書き下ろし
来歴　書き下ろし
夜の言の葉　書き下ろし
夜気　「東京新聞」二〇〇六年一一月二日夕刊

知らない　「ぷーわー」二二号　二〇〇九年三月
神の話　「ぷーわー」一九号　二〇〇七年九月
それから　書き下ろし
或る朝　「ぷーわー」一八号　二〇〇七年三月
異形について　書き下ろし
旅の唄　書き下ろし
銃声　書き下ろし
幻魚　書き下ろし
遠景　書き下ろし
口のついたもの　「ぷーわー」二三号　二〇〇九年九月
コアレス　書き下ろし
亀　書き下ろし

近藤久也（こんどう・ひさや）
一九五六年和歌山市生まれ
既刊詩集『冬の公園でベンチに寝転んでいると』（二〇〇二年）
『伝言』（二〇〇六年）など

夜《よる》の言《こと》の葉《は》

著者
近藤久也《こんどうひさや》

発行者
小田久郎

発行所
株式会社思潮社
〒一六二—〇八四二　東京都新宿区市谷砂土原町三—十五
電話＝〇三—三二六七—八一四一(編集)・八一五三(営業)
FAX＝〇三—三二六七—八一四二

印刷
三報社印刷株式会社

製本所
誠製本株式会社

発行日
二〇一〇年三月三十一日